AF434208

9 789948 806981

مركز تريندز للبحوث والاستشارات
TRENDS RESEARCH & ADVISORY

مستقبل الإسلام السياسي في العوامل الذاتية للاستمرار

د. أُنس الطريقي

اتجاهات حول الإسلام السياسي (12)
أكتوبر 2022

مركز تريندز للبحوث والاستشارات

يُعد مركز "تريندز للبحوث والاستشارات" مؤسسة بحثية مستقلة، تأسس عام 2014، ويهتم باستشراف المستقبل في جوانبه الاستراتيجية والسياسية والاقتصادية، وتتبع القضايا العالمية المختلفة. كما يهدف المركز إلى تحليل الفرص والتحديات على مختلف الصُّعُد الجيوسياسية الراهنة، وما تحمله من متغيرات محتملة، مع محاولة إيجاد إجابات وتفسيرات علمية وموضوعية من شأنها المساهمة في التأثير في اتجاهات الأحداث مع مراعاة نواحي التحليل والنقد والاستشراف.

ويقدّم المركز، من أجل تحقيق غاياته العلمية، دراسات رصينة ذات أبعاد استشرافية مستقبلية، ويطرح أفضل البدائل الممكنة لمساعدة صنّاع القرار في معرفة التطورات الإقليمية والدولية بشكل أعمق، والاستفادة مما توفره من فرص. كما يقوم المركز برصد الاتجاهات والتغييرات الاستراتيجية والاقتصادية والإقليمية والدولية، والتنبؤ بآثارها المستقبلية، وذلك وفق الضوابط العلمية المتعارف عليها دولياً لدى أعرق مراكز التفكير والبحث العلمي.

المحتويات

مقدمة

لئن أضحى التكهن بالمستقبل في ميدان الظواهر الإنسانية علماً قائماً بذاته، يسمى علم الدراسات المستقبلية أو الاستشرافية[1]، فإنه يبقى اجتهاداً لا يُؤمَن فيه مكر التاريخ. وفي ورقة تحاول التكهن بمستقبل الإسلام السياسي يبدو أن لهذا الاحتراز ما يسوغه، إذا ما نظرنا إلى الظهور المفاجئ للحركات الإخوانية بعد ما سُميَ بأحداث الربيع العربي، بعد أن ظن الكثير من متابعيها أنها في عداد الموتى والمفقودين. إلا أن عودتها السريعة إلى واجهة الأحداث، لتصبح المتحكم الرئيسي في مستقبل التجربة الديمقراطية نفسها في مصر وتونس بخاصة، لأكبر دليل على أن التوقع بمستقبل هذه الظاهرة قد يكون من المستحيلات[2]. ولئن كان الأمر يعود إلى صعوبة التكهن في مجال الإنسانيات لاعتبارات تعقيدها وامتناعها عن التكميم والمحاصرة العقلانية الحسابية، فإنه يتصل كذلك بطبيعة ظاهرة الإسلام السياسي نفسها، من حيث هي ظاهرة شديدة التركيب، تتعين روابطها بالواقع، من موارد شتى، وجد فيها الكثير من الدارسين أسباب استمرارها. فهي مرتبطة من ناحية بالشأن الديني، بما هي تصور

---

1. وهو علم شهد مراحل يمكن تقسيمها إلى المرحلة التقليدية الحديثة لهذا العلم، والمرحلة المعاصرة أو ما بعد الحديثة، التي ظهر فيها ما يعرف بالمستقبليات المتكاملة (integral futures)، والدراسات النقدية المستقبلية (critical futures studies)، وهي مناهج استشراف، تقوم على تعددية منهجية تتداخل فيها مناهج مميزة لعلوم بعينها، تبعاً لفهم جديد للظواهر الإنسانية ينظر إليها بوصفها منظومات كلية تتداخل فيها عناصر وعوامل من مستويات شتى. حول علم الدراسات المستقبلية، راجع مثلاً: ريتشارد سلوتر، الدراسات المستقبلية: إطار مفاهيمي، ترجمة خلود سعيد، سلسلة أوراق رقم 21 (الإسكندرية: مكتبة الإسكندرية، 2016).

2. بعد أن أجهز النظام الحاكم في تونس على حركة النهضة، خصوصاً مع الانتقال السياسي الواقع عام 1987، وشرد قياداتها، وفكك قواعدها التنظيمية، حتى ظُن أنها آلت إلى الاندثار، فوجئ الجميع بعودتها إلى التنظم مجدداً بعد ما سمي بأحداث الربيع العربي، ونجاحها في القبض على السلطة والتحكم في مسارها. ولا تختلف الصورة في مصر كثيراً عما وقع في تونس، فقد نجح الإخوان بعد سنوات طويلة من السبات الإجباري خلال عهد عبد الناصر، ثم التسامح النسبي في عهد السادات، ثم عودة المحاصرة في عهد حسني مبارك، من العودة والتنظم مجدداً والوصول إلى السلطة.

للدين مخصوص، تنعقد فيه الصلة بين الدين والسياسة على نحو ضروري، يجعل من الدولة فريضة دينية، بينما هي عند السنة دون الشيعة مسألة مصلحية[3]، وهي من ناحية ثانية مرتبطة بالشأن السياسي، بما هي تصور للدولة لا تكون إلا إسلامية، عارضوا به دولة الحداثة الغربية لأنها دولة الحاكمية البشرية، وهي من ناحية ثالثة مرتبطة بحركية اجتماعية تمثلها الطبقات المسحوقة اجتماعياً، أو تلك التي لم تنسجم مع سياق الانتقال إلى الدولة الوطنية[4]، وهي من ناحية رابعة في علاقة وثيقة بمقومات الثقافة عامةً، يطغى عليها الدين، ولكنها ثقافة ماضوية، قدوتها موجودة في عصر ذهبي ولّى وانقضى.

كل هذا لم يمنع متخصصين بارزين من الانخراط في هذا الجدل الاستشرافي حول مستقبل الظاهرة. وعلى هذا الصعيد، تعد من أشهر الأطروحات المعروفة من الناحية

____

3. في هذا السياق يقول عبد الإله بلقزيز عن جماعة الإخوان المسلمين إنها أول من جسر الفجوة بين العقيدة والسياسة في الإسلام السني، حين صيروا الحكم والدولة مسألة من مسائل العقيدة والإيمان. ومن الأقوال المشهورة الدالة على هذا، قول حسن البنا زعيم الجماعة الأول، وملهمها الروحي على الدوام: "الحكم معدود في كتبنا الفقهية من العقائد والأصول لا من الفقهيات والفروع، فالإسلام حكم وتنفيذ، كما هو تشريع وتعليم، كما هو قانون وقضاء، لا ينفك واحد منها عن الآخر" (حسن البنا، مجموعة الرسائل، ط1 (القاهرة: الصحوة للنشر والتوزيع، 2012)، ص275. ويعد عبد الإله بلقزيز من الباحثين القلائل الذين تنبهوا بحق لهذا التحوير الذي أنجزه الإخوان المسلمون في النظرية السياسية السنية، في اتجاه تقريبها من التصور الشيعي في الإمامة حينما صيروا الدولة والإمامة من أصول الدين أي من مسائل الاعتقاد، لا من الفروع والاجتهاديات لأنها من مسائل العمل. وبين بلقزيز أن هذا الرأي مشترك بين سائر ممثلي حركة الإسلام السياسي كسيد قطب، ومحمد قطب، وتقي الدين النبهاني ويوسف القرضاوي. وهم بذلك لم يدافعوا فحسب عن علاقة الوصل بين الدين والسياسة، بل هم حولوا السياسة من مسألة فقهية إلى مسألة عقدية. راجع عبد الإله بلقزيز، الدولة في الفكر الإسلامي المعاصر، ط2 (بيروت: مركز دراسات الوحدة العربية، 2004)، ص128-130.

4. هذا ما سوغ به جل المتخصصين في دراسة الظاهرة سرعة انتشارها في فترة نشأتها الأولى، فإذا تحدث جميعهم عن القدرة العجيبة للحركة على إنشاء فروعها خارج بلاد النشأة مصر في فترة وجيزة، فقد أرجعوا سبب ذلك في نظرهم إلى كونها وجدت فضاءً اجتماعياً كثر فيه ضحايا الانتقال إلى نمط الدولة الحديثة الليبرالية، بعد أن نجحت هذه الدولة في تدمير الأطر التقليدية التي تؤطر وجودهم الاجتماعي، راجع مثلاً جيل كيبال، جهاد-انتشار وانحسار الإسلام السياسي، ترجمة نبيل سعد (القاهرة: دار العالم الثالث، 2005). وحسام تمام، الإخوان المسلمون.. سنوات ما قبل الثورة، ط2، (القاهرة: دار الشروق، 2013).

الاستشرافية في شأن هذه الظاهرة، تلك الصادرة عن مختصّيْن بارزَيْن، هما الفرنسيان جيل كيبال وأوليفيي روا. فالأول كان يتوقع زوالها، في كتابه "جهاد: انتشار وانحسار الإسلام السياسي" (2000)، ثم غير رأيه بعد عودة حركات الإسلام السياسي إلى المشهد بعد ما سُمي بأحداث الربيع العربي، في كتابه "الشغف العربي"[5] (2013). أما الثاني فقد تمسك بموقفه الأول القائل بفشلها الحتمي منذ كتابه "تجربة الإسلام السياسي"[6] (1992) إلى كتابه "الجهل المقدس.."[7] (2012). هذا بالإضافة إلى أطروحات أخرى، لطلال الأسد، وآصف بيات، ووائل صالح، وجون إسبوزيتو، وتمارا سون، وماسيمو كامبانيني، وغيرهم حول مآلات للإسلام السياسي تحدثوا فيها عما-بعد الإسلاموية، والإسلاموية دون إسلام، وغيرها من المصطلحات التي تنبأت بذوبانه التدريجي[8].

------

5. جيل كيبال، الشغف العربي، يوميات 2011-2013، ط1 (بيروت: دار جداول للنشر، 2017).

6. أوليفيي روا، تجربة الإسلام السياسي، ط2 (بيروت: دار الساقي، 1996).

7. أوليفي روا، الجهل المقدس.. زمن دين بلا ثقافة، ترجمة صالح الأشمر، ط1 (بيروت: دار الساقي، 2012). ويراجع أيضاً مقاله: "الإسلام السياسي والفشل الدائم". هذه ترجمة تقريبية لعنوان المقال في لغته الفرنسية، بعنوان:

Olivier Roy, « L'islam politique toujours en échec », *Esprit*, 2015/5, p-p83-91.

8. من اللافت للنظر في هذا السياق أن التكهن بمستقبل الظاهرة كان ملازماً لفترات مفصلية من تاريخها، كتلك التي وقعت في ثمانينيات القرن الماضي، لمّا عرفت الحركة صعوداً قوياً تحت شعار معبر هو الصحوة الإسلامية. وربما يمثل الكتاب الجماعي "الحركات الإسلامية المعاصرة في الوطن العربي" أبرز الكتب الاستشرافية لمستقبل الظاهرة في تلك الفترة. يمثل الكتاب تجميعاً لأعمال الندوة الفكرية التي دارت في الثمانينيات حول سؤال مستقبل ظاهرة الإسلام السياسي. وعلى هذا السؤال، أجاب محمد أحمد خلف الله وشكري الفيصل بأنها آيلة إلى الزوال. بينما تمسك في الجهة المقابلة كلٌّ من محمد عابد الجابري وراشد الغنوشي، بأنها سائرة نحو المزيد من الحضور.

- راجع: الحركات الإسلامية المعاصرة في الوطن العربي، ط1 (بيروت: مركز دراسات الوحدة العربية، 1987) ص378 وما بعدها.

أولاً: مستقبل الإسلام السياسي
المنهج والأطروحة

بالإضافة إلى تفكيرنا في كل المحاذير السابقة جميعاً، ونحن نحاول التكهن بمستقبل الظاهرة، ونتسلح بآراء متخصصين بارزين في موضوعها، صرفوا أعمارهم في متابعتها، فإننا نَعُدُّ أن أهم الاعتبارات المنهجية التي يتعين علينا الأخذ بها، وهي: **أولاً** ذلك الاعتبار القائل بأن الظواهر هي التي تفرض مناهج دراساتها أو تنتجها، وأنه ليس من المناسب في أحيان كثيرة أن نسلط عليها مناهج بحث جاهزة، هي في الواقع نتائج تطبيقات على عينات أو ظواهر مخصوصة في واقع مخصوص مغاير. أما **ثاني** هذه الاعتبارات فهو المتمثل في توقي النظر إلى الظاهرة نظرة تجزيئية. وما نعنيه أننا نتبنى في مزاولة ظاهرة الإسلام السياسي، تماماً كما فيما يخص جل الظواهر الإنسانية - نتبنى ما أثمره تطور نظريات فهم الواقع الإنساني من تنصيص على تركيبية الظواهر، من أبعاد متعددة تشكل كليتها المنظومية؛ أي ذلك المجموع الذي لا يمكن اعتباره حصيلة أجزائه المشكلة له، وإنما هو منظومة يجد كل بعد فيها موقعه ضمن الكلية، يؤثر فيها ويتأثر بها. فهكذا ننظر إلى ظاهرة الإسلام السياسي بوصفها منظومة (system) أبعادها سياسية، ودينية، واقتصادية، واجتماعية، وإنسانية. أما **ثالث** هذه الاعتبارات فهو كون الظاهرة، كسائر الظواهر الإنسانية، ظاهرةً سياقيةً، توجد في الزمان والمكان وفي واقع إنساني مركب من أبعاده المختلفة، على المستويين المحلي والقُطري والعالمي.

استناداً إلى هذا الوعي المنهجي الموجِّه لتفكيرنا في الظاهرة، نبني تكهننا بمستقبل الإسلام السياسي على منهج مخصوص هو أقرب إلى الواقع الحي للظاهرة، منه إلى تطبيق النماذج التحليلية على الظواهر الاجتماعية أو السياسية، مما هو معروف ومكرس في الأوساط الأكاديمية (يمكن الحديث عن مناهج تحليل تاريخية، واجتماعية،

وبنيوية، وفكرية تتبع منهج تاريخ الأفكار)، أو هو منهج تتقاطع فيه هذه المناهج من زاوية الرؤى التي تمارسها على الظواهر الإنسانية، لا من زاوية التقنيات الخاصة التي تطبقها، مع متابعة لمسارها في الواقع العملي التطبيقي. فليست الظواهر البشرية مقطوعة عن الأوساط الحية التي تنشأ فيها، ولهذا يكون من الإجحاف العلمي، أن نطبق نموذجاً تحليلياً لظاهرة أوروبية على ظواهر مشابهة نشأت في سياقات إسلامية مثلاً. وعليه، فإن المنهج الذي نتبعه في هذا التكهن هو في تقاطع بين النظري والواقعي، أو بين الأفكار والسلوكات العملية، والوقائع المتعينة في الممارسة[9].

أما **أطروحتنا** حول مستقبل الإسلام السياسي، المتصلة ببقائه أو بزواله القريب أو البعيد، فهي الآتية:

نعتقد من موقع المتابعة المتخصصة لتاريخ هذه الظاهرة، ولواقع وجودها الراهن، أن ظاهرة الإسلام السياسي باقية ولن تزول، أو أن زوالها لن يكون على المدى القريب كما يقول الكثير من المتخصصين، سواء أكان ذلك في شكل ذوبان متدرج، أم في شكل انهيار كلي في لحظة معينة، أم في صورة تحول نحو أشكال وسيطة هي مراحل على طريق زوالها، كما يجري ذلك بتسميات كثيرة مثل: ما بعد الإسلاموية، وإسلام سياسي دون إسلام. نقول هذا حتى في الحالة الراهنة لهذه الظاهرة، وهي تمثل قصوى وضعيات ضعفها من منظور تاريخها الكلي، إذا ما قارناها بفترات ضعف مشابهة كتلك التي عاشتها في الفترة الناصرية التي وقع فيها القضاء على أبرز قيادييها التاريخيين من قِبَل النظام الناصري. فعلى هذا الصعيد تمثل التجربة التونسية في نظرنا في الوقت

---

9. هو في الواقع منهج مستوحى من الطريقة التي حاول فيلسوف العلوم إدغار موران تأسيسها في مجمل أبحاثه، ولاسيما في مؤلفه الطويل "الطريقة"، وسماها الطريقة التركيبية، التي تنظر إلى الظواهر الإنسانية بوصفها منظومات تتداخل فيها عناصر من مجالات مختلفة، كما تنظر إليها من منظورين متقاطعين؛ هما الأفكار النظرية، والأفعال العملية في السلوك والممارسة.

الراهن، قصوى وضعيات ضعف الإسلام السياسي، لأنها تأتي في سياق وضع قوة هو قصوى وضعيات القوة التي يمكن أن تصل إليها هذه الظاهرة. ويعود ذلك إلى كونها التجربة التي كان فيها وصول الإسلام السياسي إلى السلطة عبر الأداة التي تعدها القوى الحداثية أهم وسائل التصدي إليها، أي بالانتخاب الديمقراطي. لم تصعد هذه الحركة في تونس إلى سدة الحكم بالقوة العسكرية، مثلما وقع الأمر في السودان ثم في الصومال، وهذا ما يمنحها شرعية سياسية تجعلها في قصوى أوضاع القوة التي لم تصل إليها في تاريخها مطلقاً. فأما ضعفها الأقصى في هذه الحالة فهو مرتبط بوضعية القوة هذه، إذ يمثل حصيلة مهلة ممنوحة للإسلام السياسي لم يحسن استغلالها، بحيث لم تعد له أي ذريعة يتذرع بها، لتكرار خطاب المظلومية الذي يدعي فيه أنه لم ينل فرصته في المشاركة السياسية نتيجة إقصاء الأنظمة القائمة. فأما الأدلة على وضع الضعف هذا فأدناها دلالة تضاؤل رصيد الحركة الانتخابي بين الانتخابات الأولى في تونس عام 2011، والانتخابات الثانية عام 2014. بل إن من العلامات الواضحة على وضع الضعف هذا، حالة السكوت العام على النطاقين الداخلي والخارجي - عدا بعض التذكير المتقطع من قِبَل القوى الإقليمية بضرورة استئناف مسار الشرعية المقطوع - على ما وقع لها من إقصاء برلماني عقب إقدام الرئيس التونسي على تجميد البرلمان، ثم حله في مرحلة لاحقة.

وعلى الرغم من وصول الحركة في الوقت الراهن إلى أقصى أوضاع ضعفها، فإننا لا نتكهن بزوالها القريب من ساحة التأثير السياسية والاجتماعية على المستويات المحلية والإقليمية. وإنما نحن نعتقد أن لحظة الضعف هذه مهما بلغت حدتها، فإنها لا تنفي استعادتها المحتملة لقوتها التعبوية، وقدرتها على التأثير المتجدد في مسار الأحداث السياسية والاجتماعية، لا في تونس ومصر وحدهما، وإنما في الوطن العربي بأكمله.

ثانياً: في مسوغات بقاء ظاهرة الإسلام السياسي

نستند في أطروحتنا القائلة بأن ظاهرة الإسلام السياسي باقية ولن تزول، على مجموعة من المسوغات التي تتمثل في عاملين رئيسيين: العامل الأول **يتصل بطبيعة الظاهرة في ذاتها**. وهو يتفرع أولاً إلى **خصائص نظرية** مما له علاقة بقواعدها النظرية، التي تمدها بروابط متينة دينية خاصة، هي أقوى من أن تتأثر بمتغيرات الأوضاع المرحلية لوجودها. ويتفرع ثانياً إلى **خصائص عملية**، تميز الحركة في الممارسة التاريخية الاجتماعية والسياسية، وتكسبها القدرة على التفاعل مع الظروف المتغيرة والأوضاع المختلفة، بحيث تجد لنفسها في كل مرة الوسيلة للاستمرار.

أما العامل الثاني، **فيتصل بما هو خارج الظاهرة؛** أي بالسياقات الموضوعية التي توجد فيها، كسياق الدول العربية الإسلامية على مستوى قُطري ضيق، والسياق الإقليمي الشرق أوسطي الأوسع، بل السياق الكوني الأشمل، خصوصاً بعد أن نجحت في استزراع نفسها في الدول الأوروبية، لتفيد من إكراهات الديمقراطية التي ألزمت بها هذه الدول نفسها، وسياق التقاطعات الجيو-سياسية الجديدة، التي شهدت تحولاً واضحاً من انقسام كوني بحسب المحاور التقليدية الدينية بين مسيحية وإسلام، وسنة وشيعة، أو بين معسكر اشتراكي ومعسكر رأسمالي، إلى أنواع جديدة من التحالفات، على محاور المصالح الاقتصادية، والسياسية، التي يمكن أن يكون فيها المتحالفون على واجهة اقتصادية، أعداء على الواجهة السياسية أو الدينية. وهي تحولات ضاعفت من حدتها الصورة الجديدة للعولمة، بفعل التحول الرقمي الذي هتك الحدود القديمة بين الثقافات، واقتصاديات الدول، والجماعات البشرية، وعبث بالمعنى القديم لسيادة الدول على مجالها الجغرافي القانوني. كل هذه العوامل السياقية للظاهرة تمثل في الوقت الراهن، وعلى المديين القريب والبعيد شروطاً كافية، لتمكين الإسلام السياسي من قدرة ثابتة على الاستمرار.

سنكتفي في التحليل الآتي بعرض **العوامل الذاتية** التي نبني على أساسها قولنا باستمرار هذا التيار في الوجود، بوجهيها النظري والعملي، وما تتفرع إليه من عوامل فرعية، بوصفها حججاً نستدل بها على أطروحتنا الاستشرافية لمستقبل الإسلام السياسي، أي الأطروحة القائلة باستمراره فاعلاً في مستقبل المجتمعات والدول العربية. وأما العوامل الموضوعية، فسيتم تفصيل الحديث عنها في دراسة أخرى آتية.

1- الخصائص النظرية للإسلام السياسي: الإسلام السياسي نظرية في الدين والسياسة

قد يمثل أهم عامل نظري مميز لحركة الإسلام السياسي في ذاتها، يمنحها القدرة على الاستمرار تياراً مؤثراً في المجال الإسلامي، أنها **تمثل أحد المشروعات النظرية الأساسية لمشكلة العلاقة بين الدين والسياسة في العالم الإسلامي.** إن أصالة هذه المشكلة في هذا المجال، وبقاءها دون حل تقريباً، هو من الأسباب التي تمنح حركة الإسلام السياسي نوعاً من شرعية الوجود، لا نتوقع زوالها على المدى القريب على الأقل.

فمن المعلوم كونياً أن مشكلة العلاقة بين الدين والسياسة شكلت واحدة من كبريات القضايا الإنسانية منذ فجر التاريخ الإنساني. ولئن تمثلت أهمية المشكلة، بعد الانقلاب الديني للمشكلة السياسية، في بداية العصر الإمبراطوري الروماني، لمّا صارت الإمبراطورية الرومانية تحمل مشروعاً دينياً مسيحياً، في بداية القرن الرابع للميلاد[10]، فإن أصالة المشكلة السياسية في التاريخ الإنساني تشهد عليها مركزيتها في النظر الفلسفي اليوناني، مع تحول أول تمثل في تأسيس الفلسفة في الفضاء اليوناني، علماً

____

10. سنة 312 ميلادية أعلن الإمبراطور الروماني قسطنطين نفسه إمبراطوراً للمسيحية، ومنذ ذلك التاريخ، سيغادر الموضوع السياسي دائرة التأمل الفلسفي الوثني الميتافيزيقي والأسطوري الذي تأسس مع اليونانيين، ليصبح في قلب المشروع الديني التوحيدي، على يد المسيحية.

نظرياً، صحبه في المجال نفسه، تأسيس مماثل للسياسة علماً لتنظيم المدينة. أما في الفضاء الإسلامي فإن مشكلة العلاقة بين الدين والسياسة، وإن كانت تثار في التاريخ الإسلامي القديم على نحو استرجاعي، فإنها مثلت كبرى القضايا التي اِنشَدَّ إليها التفكير الإسلامي منذ العصور الأولى للإسلام. ربما تشكلت هذه المشكلة عقب وفاة الرسول، صلى الله عليه وسلم، انطلاقاً من الجدل الدائر حول خلافته في سقيفة بني ساعدة، ثم في التواريخ اللاحقة للصراع الإسلامي على السلطة، ولا سيما عقب الانشقاق الإسلامي الأكبر بين السنة والشيعة. ولقد حفلت كتب العقائد على تنوع أيديولوجياتها بين معتزلة، وسنة، وشيعة، ومرجئة، ومتصوفة، وخوارج، بوقائع هذا الجدل حول السلطة، من منظور بحث عن العلاقة بين العقيدة والسياسة. ولئن جرى هذا الجدل في بدايته على نحوٍ يُلحق مشكلة العلاقة بين العقيدة والسياسة بمباحث الفقه، فإنه استقر في كتب العقائد نفسها بداية من القرن الخامس للهجرة، حين صارت قضية الإمامة تُدرج ضمن كتب العقيدة[11]. ولئن توارت هذه المشكلة عن ساحة الجدل والتنظير، بعد الاستقرار السياسي للإسلام السني في معظم أنحاء العالم الإسلامي، خلف كتب مرايا الأمراء والآداب السلطانية بداية من القرن الثاني للهجرة، ثم لاحقاً مع الخلاصة النظرية السياسية الكبرى للماوردي في كتابه **الأحكام السلطانية والولايات الدينية** في القرن الخامس الهجري[12]، فإنها عادت إلى السطح مجدداً في لحظة اللقاء السياسي الإسلامي مع الدولة الحديثة الأوروبية، في العصر الإمبراطوري العثماني، بداية من تجربة محمد علي في مصر (1805- 1848)، وصولاً إلى لحظتها القصوى مع

---

11. محمد بوهلال، إسلام المتكلمين، ط1 (بيروت: دار الطليعة/ رابطة العقلانيين العرب، 2006).

12. هو ذروة كتابات الماوردي في الاجتماع السياسي، وقد عُدَّ أول كتاب صاغ أسس نظرية الخلافة السنية التي احتفظت بمرجعيتها العليا إلى الوقت الراهن. أبو الحسن الماوردي، الأحكام السلطانية والولايات الدينية، تحقيق القاضي نبيل عبد الرحمن الحياوي (بيروت: شركة دار الأرقم بن أبي الأرقم للطباعة والنشر والتوزيع، د.ت). وحول أهمية الكتاب، راجع مقدمة المحقق، ص 10. وراجع حول كتب "مرايا الأمراء" و"الآداب السلطانية"، عز الدين العلام، الفكر السياسي السلطاني (نماذج مغربية)، ط1، (الرباط: دار الأمان للطباعة والنشر والتوزيع، 2006). وللباحث نفسه، النصيحة السياسية: دراسة مقارنة بين آداب الملوك الإسلامية ومرايا الأمراء المسيحية، ط1 (الرباط: مؤمنون بلا حدود، 2017).

إلغاء مصطفى كمال أتاتورك الخلافة في مارس 1923. ويمكن القول إن ذلك التاريخ، مثَّل الإعلان الأكبر عن تحول مشكلة العلاقة بين الدين والسياسة إلى تحدٍّ أساسي، سيواجه الدولة العربية الإسلامية منذ فجر الفترة الحديثة. وإذا كان الجدل المعروف بين علي عبد الرازق ومحمد رشيد رضا حول صلاحية النظام الخلافي، قد رسم خط المواجهة الأساسية بين دعاة الدولة الحديثة، ودعاة استئناف النظام الخلافي، فإنه كان بداية التفكير الفعلية في مشروع الدولة الإسلامية، بديلاً وقتياً عن الخلافة، يمكن به معارضة الغزو الكوني للدولة الحديثة.

ففي هذا السياق التاريخي سيظهر الإسلام السياسي مع جماعة الإخوان المسلمين بأطروحة الدولة الإسلامية، بوصفها حلاً لمشكلة العلاقة بين الدين والسياسة. وإذ تأسست الجماعة عام 1928، فإنها جاءت في هذا السياق المتوتر بفعل انهيار نظام الخلافة، إجابةً عن سؤال نمط الدولة الإسلامي المطلوب الذي يعوض، ولو وقتياً، غياب الخلافة الزائلة بفعل الغرب الغازي[13]. وما من شك في أن علاقة الجماعة بمجلة المنار - حيث ورثت الإشراف عليها مدة خمس سنوات بعد وفاة محمد رشيد رضا سنة 1935 - تمثل دليلاً على انتمائها إلى نسل الفكر الإصلاحي بوصفه الفكر الأول الذي تصدى لمشكلة العلاقة بين الدين والسياسة، مع جمال الدين الأفغاني ومحمد عبده بدرجة أقل. فأما علاقتها بمحمد رشيد رضا، وقد مثل انعطافة أساسية عن فكر أستاذيه الأفغاني وعبده، فهي من جهة تحويله لهمهما التجديدي للدين في كليته، إلى

---

13. في هذا السياق يقدم جمال باروت تفسيراً لنشأة الإخوان المسلمين، قائلاً: "يمثل تشكيل حسن البنا (1906-1949) للإخوان المسلمين في مارس 1928 في مدينة الإسماعيلية بمصر امتداداً حركياً للإصلاحية السلفية المشرقية في شروط مواجهتها الحادة للنموذج العلماني الكمالي، ومحاولة تطويق آثاره، وامتداده في العالم الإسلامي. فلم يكن البنا الذي استقبل مطالع الشباب إبان ثورة 1919، وشارك في تظاهراتها الطلابية، وهتف ضد ملنر، نتاج هذه الثورة بقدر ما كان نتاج شروط مواجهة النموذج الكمالي إثر إلغاء الخلافة"، جمال باروت، "الإخوان المسلمون: النشأة والتطور: مرحلة التأسيس"، ضمن كتاب الحركات الإسلامية في الوطن العربي، إشراف عبد الغني عماد، مج.1 (بيروت: مركز دراسات الوحدة العربية، 2013)، ص119.

تركيز للدين على المسألة السياسية، سيصيرها من مسألة مصلحية عندهما، إلى فريضة دينية يتوقف عليها الإيمان[14].

سيظهر الإخوان المسلمون في الفترة التي صُدم فيها الضمير الإسلامي بحدث إلغاء الخلافة باعتباره انهياراً للسياج التوحيدي السياسي الإسلامي، بوصفهم القوة الوحيدة تقريباً التي اضطلعت بمهمة الدفاع عن الحوزة الإسلامية، وسيعيد ظهورها إلى الأذهان ذكرى الخلاف الإسلامي التاريخي القديم حول السلطة. ومن هذا المأتى ستُعَدّ هذه الحركة في نظر الجماهير الوريث الإسلامي الأوحد لمشكلة السلطة الإسلامية. هذا على الرغم من ظهور حركات إحيائية سابقة لها، كالسنوسية في ليبيا، والمهدوية في السودان، والوهابية في منطقة نجد.

إن عمق المشكلة السياسية الدينية في التاريخ الإسلامي الذي يعود إلى زمن السقيفة، سيطفو مجدداً على السطح، ليمنح الإخوان سند شرعية تاريخية دينية، لا يمكن لأثرها أن يزول، خصوصاً وهم يستقلون بعرض نظري وحيد تقريباً لطرق المواءمة بين الإسلام والدولة، بفكرتهم عن الدولة الإسلامية. وفي هذا العرض النظري الذي يستمد فيه الإخوان مشروعيتهم في نظر الجماهير، من عمق التاريخ، سيقدمون ما يبقيهم بمنزلة الاستئناف النظري المتكرر لفاعليته المستمرة في الضمير المسلم. يتعلق الأمر بالجوهر الديني لنظريتهم السياسية في الدولة، وذلك من ناحيتين؛ فإذ اعتبروا أن مشكلة السياسة مشكلة عقائدية يتوقف عليها إيمان المسلم، فإنهم ربطوها بقضية التوحيد الإسلامي. وإذ عدوا الدولة الإسلامية قضية وجود في سياق تهديد غربي سياسي للوجود الإسلامي، فإنهم ربطوا وجود هذه الدولة بوجودهم، ونظروا لأنفسهم بوصفهم خط الدفاع الأخير عن الإسلام والعالم الإسلامي، في وجه الغزو السياسي

---

14. راجع حول هذا التحول الذي وقع مع رشيد رضا بالفكر الإصلاحي السلفي من موضوع التجديد الديني، إلى التركيز على ربط استمرار الإسلام نفسه بالدولة الإسلامية، في، ألبرت حوراني، الفكر العربي في عصر النهضة.. 1798- 1938، ترجمة كريم عزقول (د.م: نوفل للنشر، 1997)، ص229-250.

والديني للدولة الغربية. وعلى هذين المحورين الفرعيين ستمثل نظرية الدولة الإسلامية لديهم نظرية في الدين والدولة، تمكّن من حفظ الوجودين الديني والسياسي لأمة إسلامية فقدت آخر خطوط دفاعها ضد غرب غازٍ، مع سقوط نظام الخلافة، وتفصيل ذلك على النحو الآتي:

أ-الربط بين العقيدة والسياسة أو عندما يُسيّس التوحيد

فأما من الناحية الأولى، تلك المتعلقة بنظريتهم في التوحيد الإسلامي كأساس يتكئون عليه لاكتساب مشروعية دينية، فقد ظهرت بوادرها منذ رسائل الإمام المؤسس، في رسالته عن التوحيد[15]، حين استغل تصوره السني ليربط بين الإيمان والعمل، في تبرير فكرة الإخوان القائلة بضرورة الدولة لبقاء الدين؛ ما حولها عندهم إلى شرط للإيمان. ولئن لم يظهر البُعد السياسي لفكرتهم عن التوحيد الإسلامي في رسائل البنا على نحو نظري مكتمل، فإن أبا الأعلى المودودي (توفي عام 1979) سيمدها بالمفهوم النظري الأساسي الذي يصلها بمفهوم الدولة، عبر ترجمته الإسلامية لمفهوم "السيادة" في النظرية الغربية للدولة إلى مفهوم "الحاكمية" أساساً دينياً لنظرية إسلامية في الدولة[16]. وتماماً كما أن مفهوم السيادة في المجال الغربي تعبير عن وصل السياسة بتصور لسيادة الإنسان على حياته الواقعية، فإن مفهوم الحاكمية يمثل عند المودودي وصلاً بالصورة نفسها بين نظرية الوجود الإنساني الخاضع للسيادة الكونية لله، ونظرية السياسة تجسيداً لهذه الرؤية العامة للإنسان والكون. وسيمثل مفهوم الحاكمية منذ اللحظة القطبية لتاريخ الإخوان (بداية من فترة الخمسينيات)، أساساً نظرياً يؤلف بين نظرية الإيمان والسلطة في الإسلام، ويدعم فكرة الإسلام السياسي عن الدولة بأبرز مستندات المشروعية حين يربطها بأكبر أعمدة الإيمان الإسلامي بنوع من الوصل

---

15. رسائل الإمام الشهيد حسن البنا، مرجع سابق، رسالة العقائد، ص-ص545-584.

16. أبو الأعلى المودودي، تدوين الدستور الإسلامي، ط2، (دمشق: مؤسسة الرسالة 1975)، وانظر أيضاً: أبو الأعلى المودودي، الحكومة الإسلامية، (جدة: الدار السعودية للنشر والتوزيع، 1989).

المنطقي بين العقيدة والسياسة، وسيجد هذا الربط لدى معظم الجمهور المسلم قدراً من المصداقية، يمنعه من التنبه للمغالطة الكامنة فيها تقليصاً لعظَمة التوحيد إلى ضيق تعريفات السياسة. ولهذا، فإن ما صاحب هذا المفهوم من تكفير كلي للمجتمعات والأنظمة الإسلامية أنجزته صياغته القطبية في الكتاب الأساسي **"معالم في الطريق"**، لن يثني سائر ممثلي الإسلام السياسي حتى اللحظة الراهنة عن ترديده عن سيد قطب بالدلالة نفسها على الربط الذي يجري فيه بين التوحيد الإسلامي عقيدةً عليا في الإيمان الإسلامي، وتنفيذه العملي بالدولة الإسلامية.

وهكذا سيكرر يوسف القرضاوي (ولد عام 1926)، وهو من أبرز الممثلين الحاليين للإسلام السياسي[17]، مفهوم الحاكمية، بدلالته الدينية السياسية تنفيذاً للتوحيد الإسلامي، حيث يقتضي هذا المفهوم عنده نظريةً إسلاميةً في الدولة تواجه مفهوم الدولة الغربية المتمحورة حول مفهوم السيادة، بمفهوم الدولة الإسلامية المتمحورة حول مفهوم الحاكمية[18]. ولن يختلف عنه في الواقع أحد الممثلين الحاليين للإسلام السياسي وهو راشد الغنوشي، في ترديد هذه الفكرة عن الحاكمية، وإن بمصطلحات أخرى لا تختلف عنها إلا في الظاهر. ويكفي للاستدلال على ذلك أن نعقد الصلة بين كتابين من كتبه أعاد طبعهما على هيئتهما الأولى بعد ما سُمي بأحداث الربيع العربي

---

17. هو رئيس الاتحاد العالمي لعلماء المسلمين الذي تأسس برعاية قطرية، وربما بدعم أمريكي منذ سنة 2004، ليمثل الإطار المؤسساتي الموحد لشتى فروع الإسلام السياسي المنتشرة في كل الدول العربية والإسلامية.

18. بهذا المعنى، فإن وصل الإيمان بالسياسة، تتأسس عليه ضرورة الدولة الإسلامية عند القرضاوي، الذي يتحدث عن مفهوم الحاكمية بوصفه التعبير الديني السياسي عن ضرورة الدولة الإسلامية، حين يربط من خلال هذا المفهوم بين سيادة الله الكونية على الخلق، وسيادته السياسية تبعاً لذلك على التشريع، فيقول: "فحاكمية الله تعالى للخلق ثابتة بيقين، وهي نوعان: 1- حاكمية كونية قدرية، بمعنى أن الله هو المتصرف في الكون، المدبر لأمره الذي يجري أقداره. 2- حاكمية تشريعية أمرية، وهي حاكمية التكليف والأمر والنهي.. وهي التي بها شرع الشرائع وفرض الفرائض"، يوسف القرضاوي، من فقه الدولة في الإسلام..، ط3 (القاهرة: دار الشروق، 2001)، ص 140.

عام 2011. فبين كتابه الأول: **"القدر عند ابن تيمية"**[19]، وكتابه الآخر **"الحريات العامة في الدولة الإسلامية"**[20] ينكشف تعلقه بفكرة الحاكمية، عندما نقرأ في الأول ثناءه على القرضاوي بوصفه عَلَم الوسطية التي ورثتها الحركة الإسلامية المعاصرة عن ابن تيمية[21]، فهماً لعقيدة التوحيد عند أهل السنة والجماعة. وهو الثناء الذي يعضده في كتابه الثاني، بتوضيح لرأيه في مقولة التكفير القطبية، يفسره، تعييناً لما يستوجب التكفير عنده، بوصفه تعلقاً بحاكمية غير الحاكمية الإلهية، حين يقول: "نحن هنا.. بصدد ظاهرة أخطر هي تمرد عن سلطة الشريعة، بناءً على تصور للكون وللإنسان وللحياة يقوم على استقلالية الإنسان عن خالقه "التصور اللائكي الدهري"[22]. وهو كلام يفهم في ضوء قول الغنوشي في صفحة سابقة من كتابه "إن في الإسلام أصولاً للحكم صادرة عن الله.. وأن الاحتكام إليها والتسليم بها ليس واجباً وحسب، بل هو حد فاصل بين الإيمان والكفر"[23]، بل قوله في صفحة لاحقة في معرض شرحه "للمبادئ الأساسية للحُكم الإسلامي"[24]: "إن حاكمية الله سبحانه وسيادته في حياة الإنسان قد نطق بها الوحي كتاباً وسنة، فمنه استمدت الشريعة، فشريعة الله حاكمة على ما سواها"[25].

وعلى النحو الذي ينجز به مفهومُ الحاكمية عند المودودي وقطب عمليةَ الوصل الضرورية بين الإيمان والدولة، فإنه سيورث من قبل كل ممثلي الإسلام السياسي، أداة نظرية دينية تكسب أطروحتهم في السلطة قدراً كبيراً من مصداقيتها لدى جمهور

---

19. راشد الغنوشي، القدر عند ابن تيمية (تونس: دار المجتهد، 2011).

20. راشد الغنوشي، الحريات العامة في الدولة الإسلامية، ط1 (تونس: دار المجتهد للنشر والتوزيع، 2011).

21. يقول الغنوشي عن القرضاوي: "لربما يكون الإمام يوسف القرضاوي أصفى مرآة فيها، هذه الوسطية في أيامنا هذه، بارك الله له في عمره". انظر: راشد الغنوشي، القدر عند ابن تيمية، مصدر سابق، ص30.

22. راشد الغنوشي، الحريات العامة في الدولة الإسلامية، مصدر سابق، ص112.

23. المصدر السابق، ص110.

24. المصدر السابق، الفصل الرابع من القسم الثاني، ص-ص98-177.

25. المصدر السابق، ص116.

واسع من المؤمنين لن ينتبه إلى ما في هذا الربط من مغالطة تُصير الإيمان فعلاً مرتبطاً بالسياسة، بل تفتح الباب - على نقيض المذهب السني - للتكفير الذي يتحول إلى حكم من صلاحيات البشر.

ب-التعلق بركاب الدولة

هذه الواجهة الدينية التي تمنح تفكير الإسلام السياسي بعض المشروعية في نظر الجماهير، من مدخل التوظيف السياسي لكبرى العقائد الإسلامية، تعضد أصالته التاريخية التي يستمدها من كونه وارثاً لإحدى أكبر إشكاليات التفكير الإسلامي منذ عصوره الأولى، وهي إشكالية العلاقة بين الدين والسياسة - هذه الواجهة تجد ما يدعمها في مد تفكير الإسلام السياسي بعوامل أصالته النظرية، في كونه **فكراً يعلن تصديه لمشكلة الدولة**.

يمثل هذا التصدي لمشكلة الدولة عاملاً نظرياً فرعياً ثانياً يدخل ضمن الخصائص النظرية للإسلام السياسي التي تمده بالقدرة على التأثير المستمر في السياق العربي الإسلامي. فإذ يعد هذا التفكير في جوهره معارضة لنظرية الدولة الغربية من منظور إسلامي، فإن مشروعيته ستظل باقية عند الجمهور، تبعاً للمشكلة المستمرة التي تمثلها مشكلة الدولة. فسواء أكانت هذه الدولة قادرة على حل أزماتها وتأجيل الحسم في تناقضاتها الهيكلية، أو تهاوت ودخلت في مسار انهيار، فإن الإسلام السياسي سيجد موقعه في مواجهتها، بما أنه ربط مصيره بمصيرها، فهو باقٍ ما بقيت الدولة، يستمد شرعيته من تمثيله قوة تعديل لمسارها العلماني، أو تصحيح واحتجاج على مشكلاتها. وهو باق إن انتهت إلى الزوال، يعلن نفسه بديلاً إسلامياً عنها، له صلاحية ارتباطه بصلاحية الإسلام لكل زمان ومكان.

يبدو الارتباط النظري للإسلام السياسي بالدولة على نحو يمده بروابط متينة للاستمرار؛ إذ هو يبقى على صلة بكل تطور ممكن للدولة، من جهة أنه يمثل نظرية في الدولة، هي

معارضة هيكلية لنظرية الدولة الغربية. لم تجر هذه المعارضة في زمن البنا الذي تميزت رسائله بنوع من المناسباتية، إذ لم تتبلور في تصور نظري شامل، لكنها جرت لاحقاً من أبي الأعلى المودودي في كتابه "**تدوين الدستور الإسلامي**"، وتكفل الاستيعاب القطبي لتفكير المودودي لاحقاً، بأن جعله يمد التفكير الإخواني في الدولة بنظرية متكاملة فيها. ومقابل مفهوم السيادة الغربي أساساً لنظرية الدولة الغربية، تُمنح فيها السيادة للإنسان على الوجود البشري العام، وعلى وجوده السياسي تحديداً، ينهض مفهوم الحاكمية عند المودودي بالدور نفسه في نظرية للدولة الإسلامية، تُمنح فيها السيادة على الحياة عامة وعلى المجال السياسي خاصة لله أصالةً، وللإنسان نيابةً. وإذ تعيّن نظرية السيادة الغربية مصدر السلطة والحق في الإنسان، فإنها في النظرية الإسلامية للدولة التي يقدمها المودودي، تعيّنها في الذات الإلهية تحت مفهومي الحاكمية السياسية، والحاكمية التشريعية[26]. ومقابل التداول البرلماني في القرار التشريعي، تأتي الشورى المقيدة بالشريعة منوالاً للقرار التشريعي في نظرية الدولة الإسلامية. وتستتبع هذه المعارضة في المبادئ العليا للسلطة، معارضة في مجموع الوظائف السياسية المتصلة بجهاز السلطة، فمقابل النواب في البرلمان لدينا في الدولة الإسلامية أهل الحل والعقد. ستقبل هذه المعارضة نظرية الدولة الغربية بهذا التصور لنظرية الدولة الإسلامية، ويتم تبنيها بوصفها تصوراً نظرياً للدولة الإسلامية، من كل أطياف الإسلام السياسي في خطيه الوسطي المنتسب إلى البنا، والجذري الراديكالي المنتسب إلى سيد قطب، وسنجد لها تشكيلات مختلفة لا تحيد عنها كثيراً في كتابات المنظّرين الوطنيين للإسلام السياسي، كتلك الواردة في كتابات القرضاوي، ولا سيما في كتابه **من فقه الدولة في الإسلام**، أو في كتابات راشد الغنوشي،

---

26. راجع أبو الأعلى المودودي، تدوين الدستور الإسلامي، ط2 (دمشق: مؤسسة الرسالة، 1975)، ص18-19، والحكومة الإسلامية، (الرياض: الدار السعودية للنشر والتوزيع، 1984)، ص217، ونظرية الإسلام وهديه في السياسة والقانون والدستور، تعريب جليل حسن الإصلاحي، مراجعة مسعود الندوي ومحمد عاصم الحداد (دمشق: مؤسسة الرسالة، 1969)، ص30-31.

كتلك الواردة في كتابه **الحريات العامة في الدولة الإسلامية**[27]. وسيُحتفظ بهذه النظرية في الدولة كمعارضة نظرية تامة الأركان لنظرية الدولة الغربية. ولهذا لن تكون علاقة الإسلام السياسي بالدولة، بسبب مبدأ المقايسة الذي يجمع النظريتين، إلا علاقة مرافقة، تقبل بها في صيغتها الغربية من الناحية الجهازية، إلا أنها تطمح إلى تحوير مضمونها بمصطلحاتها الإسلامية. ومن هذا المنظور لم ير البنا مشكلة في نظام الحكم في الدولة المصرية التي عاصرها، سوى أنها لا تلتزم كما يجب بحكم الشريعة[28]. وبالصورة نفسها لن يرى الإخوان بعده في التجربة البرلمانية، وقد حاول البنا نفسه الانخراط فيها منذ أربعينيات القرن العشرين، إلا فرصاً يمكن القبول بها للضرورة، لما تقتضيه الدولة الإسلامية لحكم الشورى. وعلى هذا الأساس لن يتراجع الإخوان عن محاولة الدخول إلى البرلمان في فترات متكررة من وجودهم في التاريخ المصري، وهي المحاولات نفسها التي ستبذلها فروعهم المختلفة في سائر الدول العربية الإسلامية[29]. بل إنهم جميعاً في مختلف فترات حركة الإسلام السياسي، حرصوا على استبقاء معنى الدولة حاضراً في مشروعهم، حتى في مستوى التسمية، على نحو يجعل منهم نموذجاً

---

27. حول نظرية الدولة الإسلامية عند القرضاوي والغنوشي، واستعادتها لنظريتها التي أنشأها المودودي حول مفهوم الحاكمية، راجع مقالنا الأول: "الصحوة الإسلامية بين مطلب الدولة المدنية وقيد الدولة الدينية"، ضمن كتاب: الخارطة التونسية بعد الثورة.. النهضة وأخواتها، ط1 (دبي: مركز المسبار للدراسات والبحوث، الكتاب التاسع والخمسون، نوفمبر2011)، ص-ص 207-242، ومقالنا الثاني: "القرضاوي والدولة المدنية، ديمقراطية أم تيو-ديمقراطية"، مجلة الأزمنة الحديثة، العدد 5، الرباط، 2012، ص-ص68-86.

28. راجع رسالته، "نظام الحكم"، ضمن رسائل الإمام الشهيد حسن البنا، مصدر سابق، ص461.

29. تعود أولى محاولات الإخوان دخول البرلمان المصري إلى عام 1942، عندما ترشح حسن البنا لعضوية مجلس الشعب المصري في الانتخابات البرلمانية التي أقيمت في ذلك العام. ثم كانت محاولتهم الثانية بعد فترة من الغياب بسبب قمعهم من قبل النظام الناصري، عام 1976، وتواصلت محاولاتهم إلى عام 2005، ثم حلت فترة انقطاع عادوا بعدها إلى المشاركة في الانتخابات البرلمانية بعد ثورة 25 يناير 2011. وطوال هذه الفترة كان عدد نوابهم في المجالس النيابية المصرية المتتالية يتزايد إلى أن وصل عام 2005 إلى نسبة عشرين في المئة من مقاعد البرلمان، ونسبة 47 في المئة ضمن التحالف الديمقراطي الذي تقاسموا فيه الريادة مع صحبة حزب النور عام 2012، بل إنهم تمكنوا من الفوز برئاسة مصر عندما نجح مرشحهم محمد مرسي في الانتخابات الرئاسية في 16 يوليو 2012.

إسلامياً في الدولة، يستمد قيمته من قيمتها، إطاراً معاصراً لإدارة الشأن السياسي. وقد اضطرهم ذلك إلى تسويات مستحيلة، أبرموا فيها اتفاقاً بين دولتهم والدولة الحديثة في مستوى مدنية السلطة، فلم يكتفوا بالإلحاح على إبعاد شبهة الدينية عن دولتهم بتصريحاتهم المتكررة أن الدولة في الإسلام هي دولة مدنية. بل إنهم ذهبوا إلى ما هو أبعد من ذلك "في كتابات حاولت تذويب آخر مَواطن الاختلاف بين الدولتين؛ بتصديهم لتفسير مغاير لمفهوم العلمانية، يمكّنهم من إدراجه في منظومة السلطة الإسلامية[30].

بهذا الاقتراب من نظرية الدولة الغربية الذي يعود إلى زمن البنا، ويستمر مع آخر ممثليهم الناشطين في السلطة وفي التنظير، يمكن القول إن دعاة الإسلام السياسي كانوا يحاولون أن يضمنوا باستمرار العمل على واجهتين نظريتين مفتوحتين تمكنانهم من الحفاظ على استمداد الشرعية السياسية؛ فهم من جهة إلى جانب الدولة نظرياً، يحاولون الاقتراب منها دون توقف، وهم من جهة أخرى لا يغادرون المنطقة المشتركة لمشروعهم، أو نواته الصلبة القارّة في جميع تنظيراتهم، التي تجعلهم يمثلون بديلاً ممكناً للدولة المريضة في صورة تهاويها. وهي منطقة المشروع الإسلامي القائم على مفهوم التوحيد الإسلامي الساكن خلف مفهومهم للحاكمية، الذي عارضوا به نظرية السيادة الغربية. ومن هنا كان مفهوم الحاكمية، في نظريتهم للدولة، النواة الصلبة التي

---

30. في هذا السياق نحيل على كتاب سعد الدين العثماني "الدين والسياسة.. تمييز لا فصل"(2009)، وكتابه الآخر: "الدولة الإسلامية في ظل مقاصد الشريعة الإسلامية" (اطلعنا على نسخته قبل الطبع)، وكتاب عبدالله أحمد النعيم "الإسلام وعلمانية الدولة"(2010). فالأول بحث عن مدخل لتقريب مفهوم العلمانية من الدولة الإسلامية فاستعاد المنظور المقاصدي من علال الفاسي، ليصل بينه وبين ما يشابه أطروحات علي عبد الرازق في تنسيب نظرية الخلافة عبر بيان تاريخية التجربة النبوية في الحكم. أما الثاني فذهب في اتجاه معاكس يؤكد من خلاله أن تجربة الرسول ﷺ هي الاستثناء الإسلامي السياسي الوحيد الذي ارتبطت فيه السياسة بالدين، وبنى على أساس ذلك دفاعه عن الخيار العلماني، بفصل الدين عن الدولة، دون السياسة والتشريع والحياة العامة. راجع: عبدالله أحمد النعيم، الإسلام وعلمانية الدولة، ط1، (القاهرة: دار ميريت، 2010).

تحتفظ لتنظيرهم الدولتي بشروط انفتاحه على الفهم الإسلامي للحياة، مهما كان اتجاهه.

في جميع الأحوال، من جانب هذه الأصالة التاريخية، أو الدينية، أو السياسية، فإن الإسلام السياسي يستمد قوة تأثيره، وقدرته على الاستمرار من هذه الواجهات النظرية الثلاث، باعتبارها عناصر نظريته الدينية السياسية.

أما الخصائص العملية من هذه الزاوية التي تهتم بطبيعة الحركة في ذاتها، فإن ما يمنح هذه الظاهرة القدرة على الاستمرار والتأثير، فهو استراتيجيتها العملية، التي مكنتها طوال كامل تاريخها من قدرة متجددة على الاستمرار.

2- الخصائص العملية للإسلام السياسي: استراتيجية العمل السياسي الديني

بالإضافة إلى الخصائص النظرية للإسلام السياسي، وهي عوامل تكسبه القدرة على دوام التأثير، ثمة خصائص تطبعه في الممارسة هي بالقيمة نفسها عوامل تمده بالقدرة على مواكبة التاريخ، وتوارثها أتباعه حتى صارت طبيعة استراتيجية للحركة تلزم منخرطيها كقياداتها، بوصفها نوعاً من البراكسيس (الممارسة) الذي لا يمكن المساس به، وهي كما يلي:

أ- القدرة العالية على التكيف

تمثل القدرة على التكيف أهم خاصية لحركة الإسلام السياسي من هذا الجانب العملي في قابليتها العالية للتكيف والتفاعل مع تطور الأحداث، حتى شُبهت بالسنبلة التي تجيد الانحناء كلما هبت عليها العاصفة، لتستقيم من جديد بمجرد مرورها. ستمكنها هذه القدرة من الاستمرار منذ بداية تاريخها في ثلاثينيات القرن العشرين إلى الوقت

الراهن، على الرغم من الوضع السياسي المعادي للدولة الوطنية الذي تحركت فيه، ومواجهتها المستمرة من جل الأنظمة التي تداولت عليها في جميع الدول العربية.

ولئن تجلت هذه القدرة على التكيف مع مسار الأحداث في براغماتية سياسية برهنت عليها الحركة، في حالات قصوى، قبلت فيها بتنازلات يتنافى بعضها مع مبادئها، مثل دخولها في تحالفات مع قوى سياسية أو أحزاب مناهضة لمشروعها بصفة ضدية[31]، فإنها ظهرت أيضاً في ممارسات عدت من فرط تكررها خصائص مميزة للحركة من الجانب العملي، ويمكن أن نعثر في تصريحات قيادييها على ما يبين أنها مرتبطة بتصورات مبدئية لتفكير الحركة.

من هذه الأدلة على مبدئية هذه البراغماتية السياسية، ما يتعلق بتعريفات الحركة من قبل أعلامها أنفسهم. فمن هذه التعريفات ما يقرر البراغماتية السياسية مبدأً معرفاً للحركة. ففي هذا السياق يحضرنا تعريف مؤسس جماعة الإخوان المسلمين، حسن البنا، لجماعته، حين يقول: "إن الإخوان المسلمين: دعوة سلفية.. وطريقة سنية... وحقيقة صوفية.. وهيئة سياسية... وجماعة رياضية... ورابطة علمية ثقافية.. وشركة اقتصادية.. وفكرة اجتماعية"[32]. ونظير هذا التعريف الذي يجعل الحركة كالحرباء قادرة على أن توظف في كل مرة واجهة من واجهاتها التعريفية، نجده عند ممثلين بارزين من أعلامها[33].

---

31. كتلك التي وقعت مثلاً بين الإخوان في مصر، وحزب الوفد في تسعينيات القرن الماضي، أو تلك التي وقعت بين حركة النهضة في تونس وحزب نداء تونس، فبعد أن كان هذا الحزب عدواً لدوداً عندما كان في المعارضة خارج الحكم، تحول إلى أخ شريك، عندما صعد إلى السلطة في انتخابات سنة 2014.

32. حسن البنا، مجموعة رسائل الإمام الشهيد حسن البنا، ط1 (القاهرة: دار الصحوة للنشر والتوزيع، 2012) رسالة المؤتمر الخامس، ص258-259.

33. راجع نظائر هذه التعريفات، مثلاً، بلال التليدي، ذاكرة الحركة الإسلامية المغربية، ج 1 (الرباط: مطبعة توب بريس، 2008)، ص ص 48-64. وراشد الغنوشي، حركة الاتجاه الإسلامي في تونس.. بحوث في معالم الحركة مع تحليل ونقد ذاتي، ج 3، ط1 (الكويت: دار القلم، 1989) ص 38.

يقول عمرو الشوبكي تعليقاً على نتائج هذه التعريفات في مستوى القدرة التي تمنحها للحركة على التلون بحسب الظروف التي تحفّ بها: "امتلكت الجماعة مرجعية فكرية وسياسية مرنة سمحت لها أن تمتلك تصوراً شاملاً وعاماً للإسلام يسمح للإخوان بأن يكونوا سياسيين إذا أرادوا، وأن يكونوا دعاة فقط للأخلاق الحميدة إذا أحبوا، وأن يكونوا شيوخاً على منابر المساجد، أو نواباً تحت قبة البرلمان، وأن يكونوا صوفيين، وأن يكونوا أحياناً ثواراً، وأن يكون بين قادتهم القاضي المحافظ كحسن الهضيبي، والمناضل الراديكالي كسيد قطب"[34].

ب- ازدواجية الخطاب

وأما مظاهر هذا التلون، واستراتيجياته فقد عينها الدارسون في خصائص ميزت سلوك الحركة السياسي والدعوي، ومكنتها من القدرة المستمرة على التأثير والتعبئة وتحشيد الأتباع. ومن هذه الخصائص وأبرزها ما عرف عنها **بازدواجية الخطاب**. ولئن عاين كل المتابعين للشأن السياسي في تونس مثلاً مظاهر هذه الازدواجية في الخطاب في الاستراتيجية التواصلية التي اتبعتها حركة النهضة ومازالت تتبعها إلى حد اللحظة الراهنة، إذ كثيراً ما صدرت منها تصريحات على لسان بعض قيادييها سرعان ما كذبها قياديون آخرون، فإن هذه الخاصية أقر بها أتباع الحركة أنفسهم، ممن عُرفوا بإسلاميي المراجعات في نوع من النقد الذاتي[35]. وضمن هذه الاستراتيجية الخطابية، صاغوا ما عرف عنهم **بخطاب المظلومية**، إذ سوقوا صورة قارّة لأنفسهم بوصفهم ضحايا الأنظمة المتعاقبة عبر روايات متكررة لتجاربهم السجنية، كتلك التي وثقتها زينب الغزالي في كتابها **"أيام من حياتي"** (1971)، أو التي حفلت بها كتب السير الذاتية التي كتبتها القيادات، كتلك التي رواها البنا في كتابه **"مذكرات الدعوة والداعية"**.

---

34. عمرو الشوبكي، في الحركات الإسلامية في الوطن العربي، مرجع سابق، مج1، ص322.

35. راجع: عبد الله النفيسي، الحركة الإسلامية: ثغرات في الطريق، (الكويت: مكتبة آفاق، 2012)، ص53.

ت- الجمع بين العمل العلني والعمل السري

ترتبط بتلك الاستراتيجية آلية ثانية اعتمدها الإخوان منذ نشأتهم، سمحت لهم وما تزال بقدرة بالغة على التمكين. ولئن مثل التمكين تعبيراً تُوصف به الحركة من قبل خصومها، علامة على اعتمادها مبدأ الانتشار السلس والتحتي في ثنايا المجتمع، فإنه مصطلح يرتبط بخاصية مبدئية في السلوك العملي للحركة، هو **جمعهم بين العمل العلني والعمل السري** الذي يتم به اختراق المجتمع والدولة بل وحتى الأحزاب والقوى المعادية من داخلها بطريقة متدرجة وخفية. ولقد أقر بهذه الخاصية في سلوكهم السياسي أتباعهم وقادتهم، ومنهم عبد الله النفيسي في كتابه "**الحركة الإسلامية: ثغرات في الطريق**"، وأرجع الدارسون هذه الخاصية إلى تقليد أرساه البنا نفسه منذ الأربعينيات، وورثه كل قادة الحركة في كامل فروعها الوطنية، كما في المغرب مع جماعة العدل والإحسان منذ عهد عبد السلام ياسين، أو في تركيا مع حزب العدالة والتنمية.

ث- القدرة على التماسك بالرغم من الانشقاقات

قد تتمثل كبرى الخصائص العملية في الاستراتيجية السياسية للإخوان في قدرتهم على **التماسك بالرغم من الانشقاقات** الكثيرة التي أُجبروا عليها أو اختاروها حفاظاً على بقائهم. وقد تجلت هذه القدرة في أحيان كثيرة في شكل استراتيجية **اندماج** غلبت منطق التجميع على منطق التقسيم عندهم. ولقد جرت هذه الاستراتيجية بفضل مبدأ أساسي تحكم في سلوك الحركة في كل تشكيلاتها الوطنية، وهو **الولاء للقيادة والتنظيم** على حساب سائر الولاءات، حتى لو كانت على حساب الولاء للوطن. ولئن كان في سلوك الحركة بعد ثورة 25 يناير 2011 في مصر دليل على قدرة الانقسام والاندماج المتجدد، ولا سيما بعد عزل محمد مرسي من الحكم في 3 يوليو 2013، وصولاً إلى فض الدولة بالقوة لاعتصامي رابعة ثم النهضة بداية من منتصف شهر

أغسطس 2013، فإنه يعيد إلى السطح تقليداً قاراً عند الحركة منذ الانعطافة القطبية في تاريخها بداية من سنوات 1954[36].

مثل هذا الانقسام عاشته حركة النهضة في تونس، منذ مؤتمرها العاشر بتاريخ 20 مايو 2016، وتماماً مثلما عبر عنه انسحاب قيادات بارزة في التنظيم من حضور المؤتمر مثل سمير ديلو وعبد اللطيف المكي، فإنه تكرر بعد إقدام الرئيس التونسي قيس سعيد على تجميد البرلمان الذي كان يترأسه زعيم حركة النهضة راشد الغنوشي، ثم حله في شهر إبريل 2022، عبر اصطفاف قيادات من النهضة نفسها مع قرار الحل هذا، في انفصال عن موقف زعيمهم يعد خيانة من منظور الحركة. ومع هذا فإن جل قيادات النهضة حتى المستقيلين منها كعبد الحميد الجلاصي، لم يتوانوا عن نصرة حركتهم بإدانة الإجراء الرئاسي والانضمام إلى القوى السياسية التي أعلنت حربها عليه.

ج- الولاء للقيادة على حساب التنظيم نفسه

من المؤكد أن ذلك الملمح الأساسي لتوحد المواقف بالرغم من الانقسامات الداخلية التي تفتت الحركة من الداخل، يعود إلى ولاء أعلى للتنظيم على كل الاعتبارات الأخرى،

---

36. يعيد كمال حبيب هذا الانقسام إلى خلاف بين الجيلين القديم والجديد للحركة، اتهم فيه الجيل الجديد قياداته القديمة بالخروج على مسار الجماعة، ويعده حصيلة خلاف تاريخي أعمق بين فريقين، أحدهما هو الخط الذي ارتبط بالبنا، وثانيهما يعود إلى التنظيم الخاص الذي تمرد على البنا نفسه ممثلاً في مجموعة القطبيين الذين تواصل نفوذهم في عهد المرشد الثاني حسن الهضيبي حتى وفاته، ولم يفلح المرشد الثالث للحركة عمر التلمساني الذي كان من خط البنا، في التحرر من قبضتهم بقيادة مصطفى مشهور الذي سيكون المرشد الفعلي للجماعة من وراء الستار منذ وفاة الهضيبي، ولم تتراجع سلطة التيار القطبي، بل عادت بشكل سافر مع المرشد السابع للإخوان محمد مهدي عاكف (2004-2010)، وأفرز صعود أحد رجالهم وهو محمد بديع مرشداً عاماً للجماعة (2010- أغسطس 2013)، وتمكنهم من اعتلاء سدة الحكم في مصر. انظر مقاله المنشور على موقع المركز العربي للبحوث والدراسات، تحت عنوان: "خبرة الفشل والنجاح: الإخوان في مصر والنهضة في تونس 1-2"، 14 إبريل 2016، http://www.acrseg.org/40111

ولو كان على حساب مصلحة الوطن، إلا أنه يرتبط عند الكثيرين بولاء آخر هو بالقيمة نفسها في ضمان استمرار الحركة، هو **الولاء للقيادة على حساب التنظيم نفسه.** يرتبط هذا المبدأ عند الإخوان المسلمين برؤية مميزة للزعامة عندهم هي صورة الزعيم الملهم التي تذكّر بالفقيه الأكبر في الفكر الشيعي. وهو ولاء اختطه قادة الإخوان لأنفسهم منذ أن اصطنع حسن البنا لنفسه لقب الإمام، وحرص خلفاؤه على استبقائه بوراثتهم للقب المرشد، كناية منهم عن لقب الزعيم الملهم الذي يخترق إلهامه روح التنظيم. وفي صورة مشابهة اصطنع زعيم حركة النهضة لنفسه لقب الشيخ، تكراراً منه لهذه الصورة، في نسخة تونسية تناور شيوخ الزيتونة في تونس على لقب المشيخة.

وفي هذا السياق يصح تساؤل رضوان السيد عن هذه الظاهرة حول تقليد الإخوان صورة الفقيه الشيعي [37]، وفي الإطار نفسه يتحدث جمال باروت عن هذا الالتباس الذي صنعه البنا بين مفهوم المرشد ولقب الزعيم، ودوره الاستقطابي التعبوي البالغ، فبقدر ما يحيل مفهوم الزعيم على البعد الكاريزمي للقيادة السياسية، فإن مفهوم المرشد يضيف إليها الوهج الروحي للشخصية الرسولية المخلصة [38]. وقد تجلت كاريزما القيادة، وقدرتها الملهمة على توحيد الصف في كل فترات تاريخ الإخوان في مصر، كما ظهرت في التجربة التونسية لحركة النهضة، وفي التجربة المغربية لحزب العدالة والتنمية، وفي التجربة التركية لحزب العدالة والتنمية، وفي التجربة السودانية مع حسن الترابي، وفي كل تجارب فروعهم الوطنية.

---

37. رضوان السيد، أزمنة التغيير: الدين والدولة والإسلام السياسي، (أبوظبي: هيئة أبو ظبي للسياحة والثقافة، 2015)، ص117.

38. المرجع السابق، ص129.

خاتمة

قد تمثل مجمل هذه الخصائص النظرية والعملية لجماعة الإخوان المسلمين، بوصفها الممثل الأساسي للإسلام السياسي في موطنها الأم أو في تشكيلاتها الوطنية، أبرز عوامل قدرتها الثابتة على الاستمرار، فثمة تواشج بين هذين النوعين من العوامل يصنع حيويةً في التأقلم، عز نظيرها في المجال العربي الإسلامي الراهن.

ولئن كان منطق التوضيح والتبيين قد جعلنا نقسّم هذه العوامل إلى عوامل نظرية تتصل بالبناء النظري، وأخرى عملية هي من باب البراكسيس (الممارسة) والاستراتيجية، فإننا ننبه إلى الاندماج الكامل بين هذه العوامل، وهو ما يلاحظه الدارس في خطابات قيادات الجماعة، بل حتى في سلوك أتباعها في تفاصيل دنيا قد لا يلتفت إليها إلا الدارس الحصيف. فمن هذا القبيل، يلعب دور المحاكاة في شكل اللحية وهيئة اللباس بين المنتمين إلى الجماعة دور التعبير عن ولاء لها، يتنصل من الولاء للمجتمع والولاء للدولة، حين يصبح عامل فرز مرئي يظهرون به تمايزهم عن سائر المجتمع بطريقة مقصودة. ويرتقي هذا التمايز المقصود إلى حد الجرأة على تفكيك أدنى قنوات تنظيم الوجود الاجتماعي المعهودة، والخروج عليها، فضمن هذا المعنى تدخل ظواهر التملص من التقسيم الإداري لأوقات العمل، حتى وإن جرت بطرق غير قانونية، كتلك التي تتعلق بتوقيت العمل يوم الجمعة. ففي تونس التي بقي فيها يوم الراحة الأسبوعية هو يوم الأحد، لم يعد يوم الجمعة يوم عمل عند غالب أفراد الإخوان أو بعض الموالين لهم إلا صورياً.

يمكننا أن نربط بين هذه المظاهر الدنيا في السلوك العملي لأتباع الحركة المعبرة عن ولاء للتنظيم، يتجاوز الدولة، بالأصول النظرية الكبرى التي تحدثنا عنها في بداية الدراسة. فخلف أبسط التفاصيل يكمن وعي فطري يحمله أتباعها، بعضهم تلقاه من قياداتها، وبعضهم الآخر حدَسه تلقائياً. ولكنه في جميع الأحيان وعي بأن الدولة يحكمها

الله، بقانونه الذي تصوروه قائماً في الشريعة، وبأن الدولة القائمة دولة ضرورة، يتعين الصبر عليها في انتظار القدرة والقوة. ولكن في انتظار أن تحين لحظة القوة، لن يكف عن ترديد هذه المعاني والعيش بها في الوجدان.

قد يمكننا التوسع في شرح مظاهر التواشج بين وعي البناء النظري والاستراتيجية المميزة للجماعة، في سلوك القيادات والأفراد أيضاً، إذا عمقنا النظر بتوخي مقاربة علامية تترصد كل علامات البروز المتعمد المتمايز في كل تفاصيل المجال العام، فمنها فضلاً عن تقسيم الزمان، تقسيم للمكان، يجري بتوزيع جديد للمساجد لاح بقوة في تونس زمن حكم النهضة، في إعادة توزيع تنال من الفضاء العام بعده المعماري، حين تزرع المساجد في كل ناحية، في خروج واضح عن تقاليد التوزيع المعماري القائمة منذ دولة الاستقلال. قد تمثل هذه الظاهرة في ظاهرها تعبيراً عن استحثاث الخطى نحو استعادة علاقة دينية تتهم دولة الاستقلال بالتفريط فيها وتجفيف منابعها، إلا أنها يمكن أن ترى في ظل استراتيجية التمكين الإخواني، وسيلة من وسائل الانتشار في الفضاء العام، لا تقل قيمةً عن تلك التي تريد التمكين من القاعدة، عبر التعليم وعبر الإعلام.

يتعين في هذه الحالة التي يجب فيها التصدي، لعملية الاختراق هذه للبنى الأصلية لمجتمعات تصارع أوضاعاً ثقافية، واجتماعية، واقتصادية من أجل التحديث، أن يوجد الوعي بجميع أبعاد المشروع الإخواني، من جوانبه النظرية واستراتيجياته العملية هذه كما تم توصيفها. ليست مخاطر هذا المشروع في كونه يمثل صوتاً مختلفاً، قد يمس الوحدة المجتمعية، فإن نُظر له من هذه الناحية فقد يُرى بمقاييس الديمقراطية مصدر ثراء، إنما الخطورة فيما تكشفه الدراسة النظرية لهذا المشروع من تناقضات خطرة يحتويها، قد لا تسيء للدولة وحدها، بل من المرجح أنها تسيء للإسلام[39]. وبحسب

---

39. كنا حاولنا أن نكشف هذه التناقضات في المشروع الإخواني التي تمس بالدين والدولة معاً، في مجموعة من المقالات والدراسات نشرنا بعضها على موقع مؤمنون بلا حدود، نذكر من بينها دراستنا "العقيدة والسياسة في فكر دعاة الإسلام السياسي"، راجع موقع مؤمنون بلا حدود على الرابط الآتي:
https://bit.ly/2yTXvqR

هذا الفهم، فلن تكون مُجدِيةً تلك المقاربات الأمنية، إزاء تعدد في أبعاد الوجود البشري، كلها تمثل طرقاً للتمكين، وإنما المجدي أن يجري التوقّي من تلك الأبعاد نفسها، من تشابكها في كلية الثقافة. ومتى عُلم أن الثقافة مجموع مركب، روافده في كل مجالات حضور الذكاء الإنساني، وإضافة اجتماعية يكتسبها الإنسان من وجوده الاجتماعي، فإن مداخل التوقّي تكون من تلك البدايات ومن تلك الروافد؛ تحصيناً للكائن من كل تمذهب، يكون بإشاعة تعدد ثقافي، مدخله الأول التربية والتعليم، والإعلام.

قائمة المصادر والمراجع

أولاً، الكتب:

- أبو الأعلى المودودي، **تدوين الدستور الإسلامي**، ط2 (دمشق: مؤسسة الرسالة، 1975).

- أبو الأعلى المودودي، **الحكومة الإسلامية**، (جدة: الدار السعودية للنشر والتوزيع، 1989).

- أبو الأعلى المودودي، **نظرية الإسلام وهديه في السياسة والقانون والدستور**، تعريب جليل حسن الإصلاحي، مراجعة مسعود الندوي ومحمد عاصم الحداد (دمشق: مؤسسة الرسالة، 1969).

- ألبرت حوراني، **الفكر العربي في عصر النهضة (1798- 1938)**، ترجمة كريم عزقول، (بيروت: نوفل، 1997).

- أُنس الطريقي، "الصحوة الإسلامية بين مطلب الدولة المدنية وقيد الدولة الدينية"، ضمن كتاب: **الخارطة التونسية بعد الثورة.. النهضة وأخواتها**، ط1 (دبي: مركز المسبار للدراسات والبحوث، 2011).

- أوليفيي روا، **تجربة الإسلام السياسي**، ترجمة نصير مروة، ط2 (بيروت: دار الساقي، 1996).

- أوليفيي روا، **الجهل المقدس (زمن دين بلا ثقافة)**، ترجمة صالح الأشمر، ط1 (بيروت: دار الساقي، 2012).

- باتريك هايني، **إسلام السوق**، تعريب عومرية سلطاني (القاهرة: مدارات للأبحاث والنشر، د.ت.).

- بلال التليدي، **ذاكرة الحركة الإسلامية المغربية**، 4ج (الرباط: مطبعة توب بريس، 2008).

- جمال سند السويدي وأحمد رشاد الصفتي (إشراف)، **حركات الإسلام السياسي والسلطة في العالم العربي، الصعود والأفول** (أبوظبي: مركز الإمارات للدراسات والبحوث الاستراتيجية، 2014).

- جيل كيبال، **جهاد.. انتشار.. وانحسار الإسلام السياسي**، ترجمة نبيل سعد (القاهرة: دار العالم الثالث، 2005).

- جيل كيبال، **الشغف العربي، يوميات 2011-2013**، ط1 (بيروت: دار جداول للنشر، 2017).

- حسن البنا، **مجموعة الرسائل**، ط1، (القاهرة: الصحوة للنشر والتوزيع، 2012).

- حسام تمام، **الإخوان المسلمون.. سنوات ما قبل الثورة**، ط2 (القاهرة: دار الشروق، 2013).

- حسام تمام، **تسلُّف الإخوان.. تآكل الأطروحة الإخوانية وصعود السلفية في جماعة الإخوان المسلمين** (الإسكندرية: وحدة الدراسات المستقبلية بمكتبة الإسكندرية، 2010).

- راشد الغنوشي، **حركة الاتجاه الإسلامي في تونس.. بحوث في معالم الحركة مع تحليل ونقد ذاتي**، ط1 (الكويت: دار القلم، 1989).

- راشد الغنوشي، **من تجربة الحركة الإسلامية في تونس**، ط1 (تونس: دار المجتهد للنشر والتوزيع، 2011).

- راشد الغنوشي، **الحريات العامة في الدولة الإسلامية**، ط1 (تونس: دار المجتهد للنشر والتوزيع، 2011).

- رفعت السعيد، **الإخوان المسلمون في لعبة السياسة**، (تونس: صامد للنشر والتوزيع، د.ت).

- رضوان السيد، **أزمنة التغيير: الدين والدولة والإسلام السياسي**، (أبوظبي: هيئة أبوظبي للسياحة والثقافة، 2015).

- رضوان السيد، **سياسات الإسلام المعاصر.. مراجعات ومتابعات**، ط2 (بيروت: دار جداول للنشر، 2015).

- ريتشارد سلوتر، **الدراسات المستقبلية: إطار مفاهيمي**، ترجمة خلود سعيد، سلسلة أوراق 21، (الإسكندرية: مكتبة الإسكندرية، 2016).

- سعد الدين العثماني: **الدين والسياسة: تمييز لا فصل**، ط1 (الدار البيضاء: المركز الثقافي العربي، 2009).

- عبد الغني عماد (إشراف)، **الحركات الإسلامية في الوطن العربي**، ط1 (بيروت: مركز دراسات الوحدة العربية، 2013).

- عبد الله النفيسي، **عندما يحكم الإسلام** (الكويت: مكتبة آفاق، 2013).

- عبد الله النفيسي، **الحركة الإسلامية ثغرات في الطريق** (الكويت: مكتبة آفاق، 2013).

- عبد الله أحمد النعيم، **الإسلام وعلمانية الدولة**، ط1 (القاهرة: دار ميريت، 2010).

- عبد الإله بلقزيز، **الدولة في الفكر الإسلامي المعاصر**، ط2 (بيروت: مركز دراسات الوحدة العربية، 2004).

- -عمرو الشوبكي، **أزمة الإخوان**، ط1 (القاهرة: مركز الأهرام للدراسات السياسية والاستراتيجية، 2009).

- محمد سعيد العشماوي، **الإسلام السياسي**، ط4 (القاهرة: مكتبة مدبولي الصغير، 1996).

- محمد أبو رمان، **السلفيون والربيع العربي.. سؤال الدين والديمقراطية في السياسة العربية** (بيروت: مركز دراسات الوحدة العربية، 2013).

- محمد بوهلال، **إسلام المتكلمين**، ط1، (بيروت: دار الطليعة/ رابطة العقلانيين العرب، 2006).

- محمد حافظ ذياب، **سيد قطب الخطاب والأيديولوجيا**، ط2 (بيروت: دار الطليعة، 1988).

- محمد سويلمي، **في الإسلام الرقمي.. كيف ارتحل المسلمون إلى الفضاء السيبراني**، ط1، (تونس: الدار التونسية للكتاب، 2021).

- محمود محمد عبد الحليم، **الإخوان المسلمون أحداث صنعت التاريخ**، ج3، ط3 (القاهرة: دار الدعوة، 1994).

- يوسف القرضاوي، **من فقه الدولة في الإسلام.. مكانتها..، معالمها..، طبيعتها، موقفها من الديمقراطية، والتعددية، والمرأة، وغير المسلمين**، ط3، (القاهرة: دار الشروق، 2001).

ثانياً، المقالات والتقارير:

- كمال حبيب: "خبرة الفشل والنجاح: الإخوان في مصر والنهضة في تونس 1-2"، المركز العربي للبحوث والدراسات، 14 إبريل 2016، http://www.acrseg.org/40111

- أُنس الطريقي، "القرضاوي والدولة المدنية، ديمقراطية أم تيو-ديمقراطية"، مجلة **الأزمنة الحديثة**، (العدد 5، الرباط، 2012).

- أنس الطريقي، "العقيدة والسياسة في فكر دعاة الإسلام السياسي"، **مؤمنون بلا حدود**، 2 يوليو 2018، على الرابط: https://bit.ly/2yTXvqR

نبذة عن المؤلف

د. أنس الطريقي، أستاذ الحضارة الحديثة بالجامعة التونسية، وهو مهتم بقضايا الدين والسياسة في المجال الإسلامي، وقضايا تجديد الفكر الديني في الإسلام. وقد تولى الإشراف على قسم الدين والسياسة في مؤسسة **مؤمنون بلا حدود للدراسات والأبحاث**، حيث أشرف على إعداد وتنسيق عديد الندوات والمشاريع البحثية، منها:

- **مفهوم تطبيق الشريعة في فكر دعاة الإسلام السياسي.. مقاربة نقدية**، ط1 (الرباط: مؤمنون بلا حدود، 2017).

- **الجهاد في المدونات الفقهية القديمة والمعاصرة**، ط1 (الرباط: مؤمنون بلا حدود، 2018).

- **الأمر بالمعروف والنهي عن المنكر (الأعلام والنصوص)** / (إعداد وتنسيق)، (الرباط: مؤمنون بلا حدود، 2019).

- **دار الحرب ودار الإسلام (الأعلام والنصوص)** / (إعداد وتنسيق)، ط1 (الرباط: مؤمنون بلا حدود، 2020).